Chim pinta

Por Ann Ingalls

Ilustrado por Duncan Beedie

Chim quiere pintar.

Necesita una idea. Les pregunta a sus amigos.

Cigüeña dice: “Pinta el cielo”.

Pero Chim no quiere.

Gato dice: “Pinta un árbol”.

Pero Chim no quiere.

Perro dice: "Pinta un estanque".

Pero Chim no quiere.

Chim piensa y piensa.

Dice: “¡Ya sé!”.
¡Pinta a sus amigos!

Créditos de publicación

Rachelle Cracchiolo, M.S.Ed., *Editora comercial*
Nika Fabienke, Ed.D., *Directora de contenido*
Véronique Bos, *Directora creativa*
Shaun Bernadou, *Directora de arte*
Stephanie Loureiro, *Editora asociada*
Caroline Gasca, M.S.Ed., *Editora superior*
Jess Johnson, *Diseñadora gráfica*

Créditos de imágenes: Ilustraciones de Duncan Beedie.

Library of Congress Cataloging-in-Publication Data

Names: Ingalls, Ann, author. | Beedie, Duncan, illustrator.
Title: Chim pinta / por Ann Ingalls ; ilustrado por Duncan Beedie.
Other titles: Chimp paints. Spanish
Description: Huntington Beach, CA : Teacher Created Materials, [2020] | Audience: Grades K-1.
Identifiers: LCCN 2019051526 (print) | LCCN 2019051527 (ebook) | ISBN 9780743927994 (paperback) | ISBN 9780743928144 (ebook)
Subjects: LCSH: Spanish language--Readers. | Painting--Juvenile fiction. | Chimpanzees--Juvenile fiction.
Classification: LCC PC4115 .I53 2020 (print) | LCC PC4115 (ebook) | DDC 468.6/2--dc23

TCM Teacher Created Materials
5301 Oceanus Drive
Huntington Beach, CA 92649-1030
www.tcmpub.com

ISBN 978-0-7439-2799-4

Printed in China
51497